句集

新月

大石つとむ

御茶の水書房

序文

句集『新月』は大石つとむさんの第一句集である。大石さんは東京在住、どちらかというと明るい静かな句風で「対岸」に新風を吹き込んでくれている方である。

句集名『新月』は、

新月のあやふき角度柚子の風呂

という作品からの命名である。この作品は大石さんの極く初心の頃の作品で、この句集でも開巻して三句目に載っている。しかし初心とは言っても後の大石さんを感じさせるに十分な作品である。柚子風呂からの「新月」、それを「危ふき角度」ととらえている、この感性がいかにも初々しい。それでいて新月そのものの存在を十分に感じさせる。大石つとむという作家に初めて注目をしたという記念の意味でも私にとっては大切な作品である。句集名とした理由もその辺にある。

氏の作品が『対岸』誌上に初めて見えるのは平成十年十二月号である。そこには初々しい次の様な作品が氏の本名の大石努のお名前で掲載されている。

廃 船 の 傾 い て 居 り 葉 月 潮
姫 沙 羅 の 幹 す べ す べ と 赤 蜻 蛉

もちろん初期の作品であるからこの句集には収録されていない。しかし私はその初々しさに注目していた。「廃船が傾いている」などということは当たり前ではないか。その当たり前を堂々と言い、季語「葉月潮」で季節感を加えて完成させる。「姫沙羅」があればその幹に触ってみる、そして「すべすべ」という実感を得て目を空に遊ばせ赤とんぼを見付ける。そうした素直さ、感性があれば必ず大成する。私はその時大石努についてその様に思ったことを思い出す。氏は私のそうした期待に応えて次第に力をつけていく。そして今回句集を出版するほどの作家になったのである。喜びに堪えない。

さて、句集『新月』についてその冒頭付近の作品から見てみよう。

新任の教師の匂ひ風光る
黐の花身を横向きにすれちがふ
啓蟄や偏って減る芳香剤

このように無作為に挙げてみても既に本格的なものを感じさせるのに驚く。一句目は「匂ひ」の一語が生きている。初々しい匂いなのである。さらに言えば教師臭さのない匂い、純粋な輝き、この一語が「風光る」という季語を得て実にすがすがしい教師像を描きだしている。二句目は「横向きに」の一語が生きている。すれ違う時の微妙な変化をさりげなくとらえている。そして黐の花との距離、黐の花そのものの存在を確かに描いている。三句目もまた日常の微妙な変化を見逃さないでとらえている。しかも芳香剤が「偏って減る」ことに気が付き、それを見事に把握している。これらの作品に共通することは確かな把握ということであろう。氏は既にこの段階において確かな対象把握ということを会得している。この対象把握の確かさは句集『新月』の根底を流れる特性となり、句集そのものに安定した、堂々とした響きを与えている。

もう一つある。

御茶ノ水駅終日日陰水温む

甲虫秩父に縄文人の跡

葉桜やカレーの匂ふ日曜日

これらの作品もまた句集冒頭付近からの無作為の抜粋である。一句目の「御茶ノ水駅」、その日陰に感ずる春の訪れ、それは御茶ノ水に限らず東京全体の春の訪れの感受、意識でもあろう。二句目は吟行句ではないだろうか。ここにおいては縄文の昔にこころを遊ばせ、その悠久の世界において甲虫の命を把握している。この時間的把握の大きさ。さらに言えば三句目は平凡な日常生活の中の「カレーの匂ひ」、あくまでも平穏な生活の表現である。このように読み取ってくると、まさに多彩なのである。多様性と言ってもいいのかもしれない。この多様性こそ句集『新月』を面白くしている横の線なのではないか。それ故に『新月』の世界は読者を飽かず引きつけつづけているのではないかと考える。以下、そうした確かなる対象把握の上に立った『新月』の多様なる世界を味わってみたいと思う。

先ず、次の様な作品はどうであろう。

昼の虫木戸の向かうは隅田川

品川運河のとどのつまりの枇杷の花
銀座の柳その二代目の芽吹きけり

これらの作品を読むと、明らかに氏は都会派である。一句目と二句目、「隅田川」と「品川運河」、どちらも川でありながらその特性を見事に詠み分けている。このように表現されると私どもは確かに木戸を隔てた生活のすぐ外に滔々と流れる隅田川を思うし、「品川運河」の果てには枇杷の花が咲いていているであろう生活を思う。実にその特性を詠み分けているのである。そのことは三句目の「銀座」についても言える。銀座の象徴とも言える「柳」、その二代目が芽を吹いた、ここからいかにも若々しい勢いを感じる。

一方、氏には次の様な作品もある。

高々と稲架結ひ上げて越の晴れ　（傍観的な俳句）

植ゑし田の水まだ濁り遠郭公　（傍観者としての写生）
黒々と雪原を割き雄物川

風土派という言葉があたるかどうかは分からないが、ここには確かに地方生活の重みがある。決して労働体験としての強味があるわけではないが、その「越の晴れ」を仰ぐ姿、遠くの郭公の声を聴き、植田の濁りを見る、その姿には俳人としての確かな重みを感じるのである。私はとりわけ三句目「雄物川」の強い存在描写に注目する。雄物川はもちろん秋田県を流れる川である。その流れに黒さを読み取る、もちろんそれは雪原との対比でもあろうが先に眺めた隅田川や品川運河とは一線を画した暗さがあるように思う。

また氏を、

ふらここの一瞬にある無重力
生れたてのくらげの海月泳ぎせり

大火鉢火箸を抜きし穴ふたつ

の様な立場から、理性派と呼んでもいい。別の言葉で言えば感情が欠如しているのである。それは「無重力」「海月泳ぎ」のような言葉が作品に占める位置、あるいは三句目の様な没感情的な表現を見れば分かる。大きな火鉢がある、そこに穴がふたつ開いている、それを「火箸を抜きし」と見て取る、これは詩すれすれの描写、それでいてまごうことのない詩そのものでもあるのだ。

こうした没感情の世界に対して、次の様な作品はどうであろう。

これらは豊かな感情に満ちあふれている。

麦秋や耳を澄ませば海の音

ふらここや子は新しき友を得て

泣き虫に泣かぬ日のあり曼珠沙華

まさに感情の吐露である。一句目の孤独感、それは「麦秋」によって普遍化されている。二句目からは作者の笑顔を見て取ることが出来る。子供さんに対するあたたかい思いの表現であろう。三句目はお孫さんの様子とも自己表現ともとれる。どこかこの「曼珠沙華」がうるんで見える様にさえ思える。叙情的な側面の表れということが出来よう。

さらに読み進めると、

葉桜やカレーの匂ふ日曜日

辛夷の芽登りたくなる木の形

のような日常の中から生まれた作品、いわば日々の生活の中から自然に賜った作品が目につく。それに対して意欲的に題材を外で求めている作品もある。

絹引きの雨の斑鳩花辛夷

首たてに振って馬来る雁来紅

こうした作品は意欲的に外へ出て作ったものと言えよう。斑鳩の花辛夷を濡らす雨を「絹引きの雨」と言い、馬の動きを見て「首たてに振って」と見て取る、見事としか言いようがない。
またユーモアにあふれた作品も所々に見える。

河馬の歯を磨く歯ブラシ冬うらら

秋暑し人も鞄も口開けて

これらの作品には一種の余裕がある。一句目は本当にあるのかどうか、あるかないかは問題ではない。あの大きな河馬の歯を磨く歯ブラシを思っただけで自然に笑えてしまう。二句目も人が口を開けるのは分かるが、その隣で鞄が開いていたら、どこか間が抜けた虚脱感めいたものを感じる。「冬うらら」「秋暑し」の季語がどこかとぼけて感じられる。
私はこのように氏の多様性を読み取りながら、その多様性を可能にしているものは何なのだろうと考える。それは平成十一年入会当時から感じ取っていたものと同じなのではないか。

端渓の硯の深み去年今年
菜箸の先焦げてをり鰯雲
月上弦欅の芽吹き感じけり

氏には豊かな感性がある。直感力が豊かなのである。例えばここに挙げた三句、一句目について言えば「端渓の硯」を「去年今年」という季節感においてとらえ、そこに「深み」を見出している。二句目もおなじことである。菜箸の先が焦げているなど、凡そ平凡であるはずだ。しかしそこに「鰯雲」を見ることにより高い詩の域のものとする、別の見方をすればその季語を氏の感性が呼んだのかも知れない、そのような見方も出来る。三句目は直感が見事なのである。上弦の月に向かって、「欅」に芽吹きを感じる、まだ芽吹いていないものを直感する、こうした感性というものが氏の作品を多彩にしていると言うことが出来る。

句集『新月』を読み進めてきて、巻末に近いところに次の作品を見つけて氏もいい作品を作る様になったとつくづく思う。

枯芝やぽつんと消火器がひとつ

この作品はいろいろな読み取り方が可能である。冬の一帯に枯れ果てた中、そこに「消火器」を一つ配する。作者はそれだけで後は沈黙している。そして読む者にいかようにも読まれようとも作者は弁解をしない。枯芝であるだけに、「ぽつんと」であるだけに、「ひとつ」であるだけに、その存在は微妙にして大きい絶対的な消火器の存在描写と言える。

ここまで『新月』における大石つとむの世界を読み進めてきた。そして第二句集まではどのように育っているのだろうかなどと勝手な思いを巡らす。その様に考える時に氏に必要なものは俳句について、作品について、それをわいわい言える仲間ではないか。この氏の描写に「座」の心が加わったときに大石つとむという作家の作品は完成するのではないか、そのように思う。俳句はあくまでも自己表現ではあるが、それはまた人との語らいの中、座の世界に身を置いて初めて完成するものでもある。今後は『新月』のこの詩の世界にさらに座性を加えてもらいたい。そうしたことを念頭に第二句集へ向かって進んでもらいたいと思っている。

さらなる成長を期待して序文としたい。

今瀬剛一

句集　新月＊目次

装画　大石つとむ
装丁　小堺アキオ

句集

新月

Ⅰ 麦笛

平成十一年〜十五年

四十五句

秋桜ペンキ剝げたる峡の駅

木犀の香り秩父の巡礼路

新月のあやふき角度柚子の風呂

端渓の硯の深み去年今年

冬もみぢ烈といふべき赤さかな

御茶ノ水駅終日日陰水温む

月上弦欅の芽吹き感じけり

新任の教師の匂ひ風光る

ふらここの一瞬にある無重力

大夕焼け海の匂ひをもち帰る

菜箸の先焦げてをり鰯雲

冬に入る湯はサイフォンを駆け上がり

花屑を泛べて緩き神田川

麦笛や眼鏡分厚き理科教師

飄々とかんかん帽の校医去る

舟虫や運河に差し来る潮の音

甲虫秩父に縄文人の跡

鎌倉の時雨るる夜や赤ワイン

黒々と雪原を割き雄物川

着火器の青き電光目借時

葉桜やカレーの匂ふ日曜日

ここよりはフランス坂と栗の花

おにやんま本郷うらみち金魚坂

遠ざかる佐原囃子や宵の冷え

初糴や桶を溢るる魚の腸

魚屋の九尺間口蜆桶

八雲立つ出雲の湖の蜆舟

河骨や人とどまれば魚の寄り

生れたてのくらげの海月泳ぎせり

黐の花身を横向きにすれちがふ

剝いてみて唐黍の出来褒めにけり

俄雨巫女が駆けゆく宮の秋

自転車を押して行く坂菊匂ふ

七福神そのひとつだけ詣でけり

胴体に首突っ込んで鴨の浮き

奔流のぶつかるところ冬鷗

啓蟄や偏つて減る芳香剤

大釜に湯のたぎりけり桜海老

うららかや江戸せんべいの計り売り

麦秋や耳を澄ませば海の音

袋詰めされし牧草遠青嶺

鰯雲唾呑む音に驚きぬ

父黙すその訳知らず栗おこは

雨烈しコスモス畑叩きけり

石蹴りのチョークのかすれ雁渡し

Ⅱ　淡　海

平成十六年～二十年

七十九句

茶室まで踏み石五つ石蕗の花

中腹の黒く抉れて雪の富士

ふらここや子は新しき友を得て

たんぽぽの球形毀れ易きかな

呼ぶ声に応へて座禅草に会ふ

花うつぎ農婦肩幅広きかな

植ゑし田の水まだ濁り遠郭公

蟬しぐれ登つて降る神楽坂

忘れがたき日の南瓜の煮付かな

露を置く山萩膝の高さほど

風紋の無礙の線形鳥渡る

虫の宿星空に手の届きさう

間口一間素直な葱の売られけり

絹引きの雨の斑鳩花辛夷

糸柳佐原川魚ご膳かな

十薬や杭打って去る測量士

雲の峰一所毀れし牧の柵

泣き虫に泣かぬ日のあり曼珠沙華

漆黒の馬の目団栗落つる音

首たてに振つて馬来る雁来紅

朱印帳の梵字の花押水木の実

河馬の歯を磨く歯ブラシ冬うらら

力瘤作つて見せて冬至風呂

数へ日ややたら背中の痒きこと

葉牡丹や見番通りの小間物屋

大火鉢火箸を抜きし穴ふたつ

混沌と云ふべきもづく啜りけり

桃の花一葉井戸の漉し袋

土日より予定の埋まり鳥雲に

淡海へ差し込む力春の潮

牧開き仔牛の首に銅の鈴

走り梅雨一気に降りる昇降機

青葉闇吸ひ取り紙に逆さ文字

海紅豆水の動かぬ船溜まり

緩やかに捩れの解けて槿咲く
唐黍の隊列乱し犇めけり

独り居の独り笑ひや式部の実

烏瓜秩父の里に施肥の僧

冬苺海辺にバスの発着所

冬椿権現様へ九十九折

自転車に歩道を譲り冬うらら

万華鏡廻し無心の聖夜なり

鰤やすぐ怒り出す北の空

辛夷の芽登りたくなる木の形

お絵描きの顔から手足雛祭

斑雪嶺をすべり来る風開拓碑

ゆすらうめ鉄軌ませて電車着く

白ぼたんの渦潮に翻弄されにけり

白ぼたんのなだれむとして怺へをり

どぢやう鍋建て付け悪しき格子窓

遠青嶺一枚ごとの田の光

田に注ぐ水ほとばしり夏薊

まだ肩の力の抜けず百日紅

球磨焼酎闇に浮きだす天守閣

木の葉木菟主峰抽んでて尖り

滝落ちて滝壺に風立ち上がり

木道に孕み蟷螂ひつじ雲

水底へゆつくり新しき落葉

雑踏といふ温もりや社会鍋

雪もよひ人の湧き出す地下出口

オープンカフェ漢目深に冬帽子

駆けてくるジャージー姿雪予報

陽の当たる位置へ移せり桜草

下萌や地鳴り残して馬過ぐる

一の矢の的を外して犬ふぐり

喝采へ馬の目細し春北風

桃の日や竜宮城の平目役

人は上ばかり見てをり花だいこん

師の影に即かず離れず花の径

春の海ずぶ濡れのまま月昇る

食前酒とろりグラスへ若葉光

ポリ袋の胡瓜の透けて地下通路

夏夜空目があふと石になる話

佳き風のあり緑陰に破れ箒

藪からし声よく透る朝の墓地

刈田原はるかに一万尺の影

ななかまど坂曲がるたび石仏

空稲架の肋木めけり越の雨

秋祭り地酒試飲の列に蹤き

Ⅲ 心柱

平成二十一年〜二十三年

七十一句

そぞろ寒闇を背負へる千手仏

どんぐりころころ陽のよく当たる坂

牡蠣食めば太平洋の塩辛し

際立てり冬の紅葉と角隠し

着膨れて息呑むほどの帆の高さ

渺々と暴れ川跡冬ざるる

冬夜空点あれば線引いてみし

大島へ声届きさう黄水仙

春の朝鉄匂はせて電車着く

日は午後へゆつくり移り花馬酔木

春昼や顎のせてゐる検眼台

石切場跡鶯のよく啼けり

道まつすぐ河もまつすぐ風薫る

田の上は自由空間夏燕

アマリリス手をつなぐこと嫌がる児

水無月の湿つてゐたるかきのたね

青榠樝重たく濁る金魚の田

生け舟を逸れし鰡札大南風

夏雲や堆く積む鉄の屑

放水路の図太き怠惰積乱雲

実椿のてらてら寺のお手洗ひ

ねこじやらし風の触れゆくぼんのくぼ

でんでら野ことに色濃き赤のまま

この霧の深さ河童の出る予感

機音のとんとん夜の冷えて来し

木枯しや面売りの面騒ぎだす

戦争の記憶は火なり冬薔薇

雪吊や相似条件反芻す

席を立つ丁度ころあひ雪催ひ

大寒や土俵に走る黒き罅

打出しの太鼓に押され寒昴

麦青む窓側の席にゐて眠し

弘法様の視線はるかに帰る雁

銭湯はお寺の隣さくら草

踏み外す不覚一段蝶の昼

ざわめきは潮変はるとき春の川

青しぐれぼつてり太く太宰の名

どぢやう鍋浅草ゆつくり暮れゆけり

蟬しぐれじつと客待つ骨董屋

朝の来ぬ夜かもしれず流れ星

豊の秋風は棚田を駈け下りて

職退いてまづ秋風に深呼吸

空蟬のどれも背の裂け自刃小屋

実を飛ばし終へたる蓮の穴十五

鷹渡る空へ怒濤の立ち上がり

釣瓶井戸覗いて丸き冬の闇

垂直に記憶水平に冬景色

山茶花や赤く錆びたる捕鯨砲

枯れ蔦の頼る大樹も枯れてをり

石段の先は荒海冬つばき

湯けむりの消えては立ちて聖樹の灯

御手洗に手水の作法笹子鳴く

寒禽の木を離るるは爆ぜるごと

ＬＰ盤に青春の疵春の雪

燈明のほのほ直立堂の冷ゆ

一陽来復東塔の心柱

塔頭にもの焚く煙つくしんぼ

森深し闇また深し孕み鹿

銀座の柳その二代目の芽吹きけり

地の怒り鎮もれ桜しだれけり

落ちさうで落ちぬ雨雲種浸す

夏霞川は平らを流れ来し

新緑の芯にアルミの脚立置く

氷水スカイツリーのよく見えて

黒南風やさざ波立てる陥没地

夏草の枯れ河口より七キロ地

郵便受けも牛舎も空つぽ葉鶏頭

列柱の礎石の跡の昼の虫

白槿四角四面の石切場

島沈むほどに人乗せ秋の庭

倒れやすきものから倒れ野分過ぐ

Ⅳ 綿虫

平成二十四年〜二十五年

四十八句

新天地と呼ばれし大地枯れ尽くす

夜の凍てて骨まで響くティンパニー

花八つ手髭の漢は志賀直哉

綿虫を追ふ幻を追ふごとく

忘れもののごとく島あり冬の凪

蜜柑山島にも一処兵の墓

リハビリの箸ゆっくりと室の花

集落は深雪の底に息潜め

亀裂走る列島に住み青き踏む

空つぽの客船埠頭鳥雲に

喉ぼとけくつきりと見せ進級す

ぼうたんは呼吸する花いま吐けり

これ櫟これは山毛欅の木青嵐

奔放な才気真紅の薔薇の花

マロニエや電車はホームはみ出して

アイスコーヒー真向ひに鬼子母神

おろし金の押し刃と引き刃戻り梅雨

郷愁に色のありけり稲稔る

秋暑し人も鞄も口開けて
ふる里の局の消印雁来紅

稲架組んで高々抛る稲の束

冬の蝿飛びゐて耀の果つるかな

塵の世の納め観音昼の酒

品川運河のとどのつまりの枇杷の花

十二月軒に吊られし下駄の束

人日に買ふ万歩計体重計

赤提灯橋半ばよりしぐれけり

肩の雪払ってどかと大男

冬牡丹被せ藁重く濡らす雨

春の塵生きてしあれば鼻毛伸ぶ

花堅香子刈り込まれたる北斜面

渦巻ける落花の中へ第一歩

千年の桜放心の息吐きにけり

湿原のきぎすの余韻夕まぐれ

渓流や若鮎きらり身を躱し

竜神の頭九つ新樹光

葛切や妬み嫉みは神代より

軽口を叩き実梅を落しけり

烈公梅の樹陰にあまた蟻の穴

おかめの面ひよつとこの面夏夕べ

ほほづきを提げて伝法院通り

組み上げし巨木の櫓鬼胡桃

秋光や黒曜石の剝離片

椅子六つ向きばらばらに秋の風

猫嫌ひを猫知ってをり金木犀

行く水の翳りのなくて零れ萩

雁渡し透けるまで打つ金の箔

小流れに浮く葉沈む葉鰯雲

Ⅴ 唐箕

平成二十六年〜二十七年

四十六句

小菊咲く疎水は迅き音たてて
父の座は寂しく哀し柘榴の実

草の架礎石に丸き柱穴
重力は草の架にも及びけり

竹林の傾斜なだらか冬の川

遠筑波冬晴れて鮭よくのぼり

寒の水鉄塊のごと押し黙り

辻褄は合はなくて可し寒卵

悴みて煎るための豆選りにけり

垂直に伸びる街なりチューリップ

菜の花や女体しならせ太鼓打つ

街並みは切妻つづき初燕

多賀宮へ囀りの中登りけり

惜春のテラスにカレー匂ふかな

四十雀よく鳴く日なり国旗揚ぐ

渾々と水湧き羊歯の茂るなり

浅草は木綿の感触花ざくろ

掛けちがひし釦そのまま送り盆

明日香路の本道をそれ蕎麦の花

お日柄もよく木犀の匂ひけり

燃えさかる曼珠沙華なり棄村の地

実存の重さ稲穂の垂れにけり

海進のここまで及び鵙の贄

目の届く限りを揺れて葦の花

湖も刈り終へし田も平らなり

楢櫟椎も加はり木の実降る

鵙晴れや唐箕回せばぎいと鳴り

鰯雲まで引連れて晴れ男

コスモスの風は風車へまつしぐら

花キャベツまだ現役の古ポスト

ワイングラスの一点冬日凝集す

朔旦冬至浮力五体に及びけり

寝息立て大き足して受験の子

三月の闇に怯えて人に蹤く

梅東風や馬の眼の黒く濡れ

目の限り海の広がり初燕

竜天に昇り大河の光るかな

帰還困難地区つんつんと松の芯

ノートも顔も若葉の色に染まりけり

田水濁して田植機の去りにけり

植ゑ終る勾玉形の千枚田

千枚の棚田てつぺん風薫る

両手に花朝顔市の帰りなり

虫の夜や家に入りくる鳴かぬ虫

鮭のぼる川を呑みこみ秋出水

秋桜マラソンここで折り返す

Ⅵ 稲架

平成二十八年〜三十年

五十八句

雁渡し海は鋼の色を研ぎ

浜菊や灯台めがけ児の走り

灯台は大きコンパス鳥渡る

笊二つ柄杓が二本実万両

冬木の芽書肆に吊らるる江戸古地図

聖歌流れ神保町のいちのいち

名刹の門前に売るねぎかぶら

元朝の青の底より日の昇る

対岸は築地魚河岸春疾風

綿あめのやうな心地よ野に遊ぶ

藍を濃く重ねて夏の岩手富士

十三絃は音たてずあり夏座敷

竹林に雨音やさしかたつむり

男梅雨揮毫の筆の撥ねはらひ

ひぐらしや雲湧く峠より下る

子の部屋を洩れくる明かり竈馬

ぶら下がる雲梯の上秋の雲

昼の虫木戸の向かうは隅田川

ふき上げる蒸籠の湯気一の酉

底冷えや五段重ねの角蒸籠

廻るもの廻り続けて年暮るる

鋏音消えし改札枇杷の花

年の瀬の街に焙じ茶匂ひけり

切干の寒し寒しと皺増ゆる

吹き下ろす白根山並み雪解風

風船を吹く風船のやうな貌

白もくれん下校促すアナウンス

潜水士二人一組鳥帰る

独りが好き空想が好きげんげん田

海舟は海見て立てり花の昼

小高きに遠見の番所芽吹き風

ひと湿りきて蕗の葉の生き返り

半夏生闇深きより湯の烟

秋風やぶつかりあへる舫ひ舟

昼の虫ほてりの残る滑り台

秋の朝血のさらさらになる薬

滑走路の果て穏やかに秋の海

奥会津七段架けの稲架襖

ひよんの実は届かぬ高さ雨あがる

黄落の中や重機の唸る音

極月の芥を泛べ神田川

枯芝やぽつんと消火器がひとつ

草々不一と遺して逝きぬ冬銀河

冬星座想像力は翼もち

着膨れてバスの一番前の席

仄赤き蝕の月なり寒の底

図書館の半円の窓百千鳥

愚かなるものを眼下に鳥帰る

煉瓦の駅舎洗ひあげたる春嵐

我にまだたんぽぽの絮吹く力

子供の日壁を相手にボール投げ

島よりの船着く埠頭ねむの花

谿若葉水まつすぐに走りけり

キャンプ場の刈草乾きゆく匂ひ

草いきれ間近に富士の黒き襞

神輿より水掛けあふが面白く

高々と稲架結ひ上げて越の晴れ

さざ波を立てて鰡の背迫りくる

句集 新月 畢

あとがき

勤めをいつ終わりにしようか、その後は何をしようかなどと考えはじめていたころのことでした。近くに住む「対岸」同人だった岩原俊さんから「俳句をやってみないか」と誘われ、そういう道もありか、と躊躇なく仲間に入れていただきました。最初は仲間同士の吟行を楽しむ会でしたが、一年ほどして結社「対岸」に入会させていただくことになりました。この時すでに五十九歳、決して若いとは言えない年齢でしたが、新人として新鮮な緊張感といささかの戸惑いとを感じながら中央例会での今瀬主宰の一言一言に聞き入っていたことを記憶しています。とりわけ高岡市、遠野市、伊良湖岬、盛岡市・渋民村、伊勢神宮などなど、全国各地で開催された「対岸」全国大会で、各地の「対岸」支部のみなさんのお世話になりながら、今瀬主宰を囲んでの吟行は私にとって忘れることのできない俳句イベントでした。

会社勤めと俳句の二足の草鞋状態は結局七十五歳まで続くことになり、仕事を退いても、俳句が次のステージのテーマとして残りました。俳句がなかったら退職後の人生はきっと退屈なものになったに違いない、そう思うと俳句を続けていてよかったとつくづく思います。満八十歳になる今年、俳句生活の一つの区切りとして句集を作ることを思い立ちました。

句集編集に当たっては、平成十一年から平成三十年までの俳誌『対岸』に掲載された千二百余句の中から六百句を選び出し、今瀬主宰にはその中からさらに三百五十句を厳選していただくことにしました。今瀬主宰にはご多忙の中を快くお引き受け下さったうえ、身に余る慈愛に満ちたご批評と序文をご執筆いただきました。さらに句集名『新月』の命名までいただくことになりました。日ごろのご指導とあわせ、心よりお礼を申し上げます。

また、結社「対岸」の先輩、同人の方々、そして日ごろ吟行を共にしたり、俳句について語りあったりしている俳句仲間たち、そしてその仲間の一人でもある妻あつ子、こうしたすべての人々は私の俳句の成長にとって欠かすことのできない存在でありました。多くの仲間のみなさんにこの機会を借りて心より感謝を申し上げます。

句集『新月』上梓にあたって、長年の友人でもある御茶の水書房の橋本盛作社長はじめ編集の黒川恵子さんにはたいへんお世話になりました。厚くお礼を申し上げます。

令和二年十月

大石つとむ

著者略歴

大石つとむ（おおいし・つとむ）

1940年10月31日　静岡県袋井市に生まれる
1998年10月　「対岸」入会
2008年１月　「対岸」同人
2009年４月　俳人協会会員

現住所
〒130-0025　東京都墨田区千歳3-17-19
E-mail
uncletom@sweet.ocn.ne.jp

句集　新《しん》月《げつ》

2020年12月10日　初版発行

著　者　大石つとむ

発行者　橋本　盛作

発行所　株式会社御茶の水書房

〒113-0033　東京都文京区本郷 5-30-20
電話　03-5684-0751(代)

印刷・製本　モリモト印刷株式会社
定価はカバーに表示してあります

ISBN 978-4-275-02137-3 C0092, Printed in Japan